L'homme qui aimait les îles

D.H. Lawrence

L'homme qui aimait les îles

Traduit de l'anglais par
Catherine Delavallade

Préface de Thierry Gillybœuf

L'ARBRE VENGEUR

PRÉFACE

“UNE ÎLE À SOI”

par Thierry Gillybœuf

ÉCRITE EN 1926 – soit quatre ans avant sa mort –, *The Man Who Loved Islands* était, de l'aveu même de D.H. Lawrence, l'une de ses nouvelles préférées, en laquelle David Ellis voit «*la fiction la plus philosophique qu'il ait jamais écrite*». Certes, le personnage de Cathcart, héros de ce texte qui voit un homme passer d'une île à l'autre au gré de ses désillusions, a pu lui être inspiré par son ami Compton Mackenzie, qui avait d'abord vécu à Capri de 1913 à 1920, avant d'acheter, dans la Manche, les îles d'Herm et Jetou. En raison de difficultés financières, il avait été contraint de revendre la première et de s'installer sur la seconde, plus petite, en 1923. Deux ans plus tard, il achetait quelques îles inhabitées, Shlant Isles, dans les Hébrides, au large de l'Écosse, où il ne vécut jamais, préférant se construire une petite masure sur l'île voisine de Barra, où il sera enterré. Cependant, la force de cette nouvelle réside sans doute dans sa lecture éminemment symbolique, intimement liée au propre parcours de D.H. Lawrence qui, tel son antihéros, sorte de Robinson Crusoë moderne et volontaire, était habité lui aussi par la tentation utopique d'une île mentale où vivre.

Mais à l'instar de Cathcart, il ne parvint jamais à trouver cette île idéale, que l'on ne peut sans doute découvrir qu'en soi. Capri était envahie d'expatriés et la chaleur rendait insupportable la vie à Ceylan. Son séjour en Sardaigne, qu'il décrit dans *Sea and Sardinia* (1921), peut se lire comme une tentative de retour à un mode de vie primitive, mais l'expérience fait long feu. Et si, après un séjour de cinq mois en Australie, en 1922, il songera, un peu comme Stevenson, à vivre dans les îles du Pacifique Sud, pas plus Tahiti que les Îles Cook ne trouveront grâce à ses yeux. Il ne ressent pas cet *appel* qui incite certains de ces contemporains à retrouver cet état d'innocence originelle des autochtones insulaires: «*Mais nous ne pouvons pas revenir en arrière. Quel que soit par ailleurs l'insulaire des Mers du Sud, il a des siècles et des siècles de retard sur nous dans le combat pour la vie, dans le combat de la conscience et la lutte de l'âme avec la plénitude*».

Car, loin d'être exotique ou esthétique, comme chez Gauguin ou John Millington Synge, chez D.H. Lawrence, l'île est avant tout métaphorique: l'espace mental d'une utopie très loin du monde contaminé de la modernité. C'est sans doute la raison pour laquelle il cessera de rechercher géographiquement cette île idéale, tout en se proposant de créer des communautés d'amis, dans différents endroits, en Floride ou au Connecticut, comme en Cornouailles et dans l'Oxfordshire. Il avait baptisé la première d'entre elles d'un mot hébreu, *Rananim*; mais dix ans après que l'expérience eut tourné court en 1915, sans doute n'est-ce pas un hasard s'il ne l'appelle plus que son «Île» et que, renonçant aux idéaux socialistes et intellectuels qui en avaient été le fondement, elle n'est plus tant le germe d'un renouveau qu'un moyen d'échapper à la société gangrénée : le territoire de la profonde misanthropie de Lawrence que le conflit mondial n'avait fait qu'exacerber, à laquelle il préférait donner le nom d'*androphobie*, comme il l'écrit alors à un ami :

> Androphobie. Quand je vois des gens au loin, marchant sur le chemin qui passe à travers champs jusqu'à Zennor, j'ai envie de me coucher dans les buissons et de leur décocher silencieusement d'invisibles flèches mortelles…

Construite en trois temps comme une parabole ou une fable – Lawrence n'avouait-il pas, par ailleurs, sa fascination pour la valeur symbolique de ce chiffre trois, lui qui voyait précisément dans la Sainte Trinité le moyen de mettre un terme à l'opposition binaire entre le Père et le Fils, autrement dit entre l'esprit et les sens, entre le *moi* et le « non-moi », *L'Homme qui aimait les îles* peut faire figure d'allégorie de son propre tiraillement entre trois états idéaux que seraient, pour lui, la communauté, le mariage et l'indépendance.

La première île possède un manoir, quelques chaumières habitées et des animaux. Cathcart y est le « Maître », aimé et apprécié de ses gens, dans ses efforts pour améliorer ce domaine, avant d'être quelque peu méprisé par les mêmes quand, malgré tout l'argent qu'il y a investi, l'île et ses fermages se révèlent être un gouffre financier. Il s'installe alors sur la deuxième, plus petite, où il vit dans une modeste masure, avec un personnel réduit à sa portion congrue, se consacrant à la rédaction d'un livre sur les oiseaux. Mais cette vie ne tarde pourtant pas à lui paraître plus compliquée qu'il n'est capable de le supporter, en particulier quand sa jeune maîtresse, Flora, tombe enceinte et accouche d'une fillette. Il lui faut fuir encore, et il élit domicile sur un simple caillou au milieu de la mer, avec une modeste cabane, quelques moutons et un chat. Mais même la compagnie de ces animaux finit par lui peser. Il revend les moutons et n'est pas mécontent de constater un jour que le chat ne revient plus. L'hiver peut arriver alors, recouvrant de neige cet îlot rocailleux, et Cathcart, qui apparaît comme insensibilisé progressivement au bonheur et au malheur, atteint enfin à cette simplicité parfaite à laquelle il aspirait dans la mort dont il sent le souffle l'envelopper tandis que la neige s'apprête à ensevelir la mer.

Mais une lecture psychanalytique met en exergue une sorte de régression dans la quête d'*isolement* de Cathcart, avatar presque trop transparent de Lawrence, où l'installation dans la première île signifierait le rejet du royaume du Symbolique incarné par la loi et l'opinion publique ; où la deuxième île serait le territoire de l'exploration du royaume de l'Imaginaire à travers l'écriture de son livre et sa relation sexuelle avec Flora, et où la troisième représente sa rencontre avec le royaume du Réel, qui se traduit par le désir inconscient d'un retour à la matrice originelle, s'achevant logiquement dans la mort.

Partant, plus qu'un Robinson moderne, Cathcart apparaît davantage comme un héritier de Don Quichotte, dont la quête d'un Paradis insulaire et imaginaire semble devoir toujours se corrompre au contact de l'humanité. Car si, comme l'écrit Lawrence, « *même les îles aiment se tenir compagnie* », elles n'en demeurent pas moins la figuration de cette solitude ontologique à laquelle semble inéluctablement se résumer la condition humaine. Lui qui, dans ses *Studies in Classic American Literature*, parues seulement trois ans plus tôt, fut l'un des premiers à littéralement découvrir Herman Melville auquel il consacre deux admirables chapitres pionniers en la matière, il s'était peut-être rappelé, au moment de composer L'Homme qui aimait les îles, de ce que ce dernier disait dans *Moby Dick* :

Car, de même que tout océan effrayant entoure la terre verdoyante, ainsi dans l'âme de l'homme se trouve une Tahiti pleine de paix et de joie, mais cernée de toutes parts par toutes les horreurs à demi connues de la vie.

L'homme
qui aimait
les îles

CHAPITRE I

LA PREMIÈRE ÎLE

C'ÉTAIT UN HOMME qui aimait les îles. Il était né sur une île, mais elle ne lui convenait pas car, en dehors de lui, il y avait trop d'habitants. Il voulait une île à lui; pas nécessairement pour y être seul, mais pour en faire son monde à lui.

Une île, si elle est assez grande, ne vaut guère mieux qu'un continent. Elle doit être vraiment très petite pour que l'on s'y sente tout à fait sur une île; et cette histoire montre à quel point elle doit être minuscule pour que l'on puisse prétendre la remplir de sa seule personne.

Les circonstances furent alors telles que cet amoureux des îles, lorsqu'il atteignit l'âge de trente-cinq ans, fit l'acquisition d'une île à lui. Il ne la possédait pas en pleine propriété mais il avait un bail de quatre-vingt-dix-neuf ans, ce qui pour un homme aussi bien que pour une île équivaut à l'éternité. Car, si comme Abraham, vous voulez que vos descendants soient aussi nombreux que les grains de sable du rivage, vous ne choisirez pas une île pour vous y multiplier. Elle serait très vite livrée à la surpopulation, l'encombrement, et couverte de taudis. Ce qui est une idée épouvantable pour qui aime une île en raison de son isolement. Non, une île est un nid qui abrite un œuf, et un seul. Cet œuf étant l'insulaire lui-même.

L'île dont notre insulaire en puissance avait fait l'acquisition ne se trouvait pas dans des mers lointaines. Elle était toute proche de la mère patrie, sans palmiers ni grondement de vagues sur les récifs, ni rien de ce genre ; mais avec une belle maison d'un seul tenant, plutôt sombre, dominant le débarcadère, et au-delà, une petite ferme avec des dépendances et quelques prés alentour. En bas, au bord de la petite baie d'accostage, s'alignaient trois chaumières semblables à des maisons de garde-côtes, toutes bien soignées et blanchies à la chaux.

Que pouvait-il y avoir de plus douillet et de plus accueillant ? Une promenade autour de l'île faisait quatre miles et menait à travers les ajoncs et les buissons de prunelliers, au-dessus des rochers escarpés, puis descendait dans les petites clairières où poussaient les primevères. En franchissant les deux crêtes de collines, dans la longueur de l'île, on parcourait des champs pierreux où ruminaient des vaches, puis d'autres où poussait une avoine plutôt rare, avant d'atteindre à nouveau les ajoncs ; et ainsi fallait-il seulement vingt minutes pour arriver au bord des falaises basses. De là, on voyait dans le lointain une autre île, plus grande. Mais entre elle et vous, il y avait la mer. Et en revenant aux prés où les petits coucous des pentes hochaient la tête, on apercevait à l'est une autre île, minuscule celle-ci, comme un petit et sa mère. Cette île minuscule appartenait aussi à l'insulaire.

Ainsi semble-t-il que même les îles aiment se tenir compagnie.

Notre insulaire aimait beaucoup son île. Au début du printemps, les prunelliers couvraient les petits chemins et les petites clairières d'un manteau neigeux dont le blanc éclatait dans le calme celtique des plaques de rochers verts et gris, et les merles lançaient dans cette blancheur leurs premiers longs cris triomphants. Aux prunelliers et aux tapis de primevères succédaient les jacinthes bleues, formant des lacs féeriques et des voiles de bleu qui ondulaient entre les buissons et dans les clairières. Vous pouviez même surprendre de nombreux oiseaux dans leurs nids, sur cette île toute à vous. Quelle merveille, que ce monde fût si grand !

Puis venait l'été, les coucous étaient fanés, les églantines parfumaient délicatement la brume. Dans une prairie fauchée, les digitales baissaient la tête. Dans une petite anse, le soleil réchauffait le granit clair sur lequel vous vous baigniez et vous trouviez l'ombre entre les rochers. Puis la brume marine arrivait furtivement, et vous rentriez à travers les champs d'avoine mûrissante tandis que la lumière éclatante de la mer disparaissait du ciel et que la corne de brume se mettait à hurler sur l'autre île. Et puis le brouillard marin s'en allait, l'automne était là, et les gerbes d'avoine gisaient au sol ; la grande lune, une île elle aussi, émergeait dorée de la mer, et comme elle montait dans le ciel, le monde marin devenait blanc.

Et l'automne finissait avec la pluie ; arrivaient l'hiver, les cieux obscurs, l'humidité et la pluie, mais rarement le froid. L'île, votre île, plongée dans l'obscurité, restait tapie à distance. Vous sentiez en bas, dans les creux humides et obscurs, son esprit rancunier pelotonné sur lui-même, comme un chien mouillé tapi dans l'ombre, ou un serpent à moitié éveillé. Puis, au cours de la nuit, quand le vent cessait de souffler en rafales et en bourrasques, comme en mer, vous aviez l'impression que votre île était un univers infini et vieux comme les ténèbres ; pas du tout une île, mais un monde obscur, infini, où toutes les âmes de toutes les nuits passées continuaient à vivre, et où l'infiniment loin était proche.

De manière étrange, vous aviez quitté votre petite île dans l'espace pour vous élancer dans les grands royaumes sombres du temps, où toutes les âmes immortelles tourbillonnent en d'amples courses étranges. La petite île terrestre s'était réduite, comme un tremplin, jusqu'à disparaître, car vous aviez sauté, sans savoir comment, dans l'immense et sombre mystère du temps, où le passé est infiniment vivant et se confond avec le futur.

Ce sont là les dangers de la vie d'insulaire. Lorsque, à la ville, vous vous faufilez en guêtres blanches entre les voitures, avec au ventre la crainte de la mort, vous êtes alors tout à fait à l'abri des terreurs de l'éternité. L'instant présent est votre petit îlot dans le temps, c'est l'espace qui tourbillonne autour de vous.

Mais lorsque vous vous isolez sur une petite île dans l'immensité de l'espace, alors l'instant présent se met à se gonfler et à se dilater en grands cercles, la terre ferme disparaît, et votre âme sombre, nue et insaisissable, se retrouve dans le monde dépourvu de temps, où les chariots des prétendus morts dévalent à toute allure les vieilles rues des siècles, et des âmes se pressent sur les trottoirs que, dans l'instant, nous appelons le temps jadis. Les âmes de tous les morts reprennent vie et palpitent activement autour de vous. Vous êtes dans l'autre infini.

Quelque chose de semblable se produisit chez notre insulaire. Il fut assailli de sensations mystérieuses, qui ne lui étaient pas familières ; une étrange conscience de la présence d'hommes de l'ancien temps ainsi que d'influences nouvelles ; des Gaulois aux grandes moustaches, qui avaient vécu sur son île et avaient disparu de sa surface, mais pas de sa nuit. Ils étaient encore là, fendant la nuit de leurs gros corps invisibles et violents. Il y avait même des prêtres brandissant des couteaux en or et du gui, d'autres prêtres avec des crucifix, des pirates et leurs meurtres en mer.

Notre insulaire était mal à l'aise. Le jour, il ne croyait à aucune de ces absurdités. Mais la nuit, si. Il s'était limité à un simple point dans l'espace, et un point n'ayant ni largeur ni longueur, il lui fallait le quitter pour un autre endroit. Exactement comme vous devez sauter à l'eau si la marée montante vous fait perdre pied ; ainsi était-il obligé, la nuit, de s'échapper dans cet autre monde de l'éternité.

Il avait l'étrange impression, lorsqu'il était allongé dans le noir, que le bosquet de prunelliers qui paraissait déjà un peu inquiétant au royaume de l'espace et du jour, s'emplissait la nuit de cris d'hommes anciens d'une race invisible, rassemblés autour de la pierre de l'autel. Ce qui, le jour, était une ruine sous les charmes, devenait dans l'ineffable nuit le lieu d'incantations de prêtres ensanglantés portant des crucifix. Ce qui était une grotte ou une plage cachée entre de vulgaires rochers, devenait dans la nuit aveugle la bouche de pirates aux lèvres pourpres proférant des malédictions.

Pour échapper un tant soit peu à cette espèce d'impression, notre insulaire se concentrait le jour sur son île matérielle. Pourquoi ne devrait-elle pas être un jour l'Île du Bonheur ? Pourquoi pas la dernière petite île des Hespérides, l'endroit parfait, entièrement habité de la bienveillance de son esprit frais comme une rose ? Un minuscule monde de pure perfection, créé par l'homme, créé par lui.

Il commença, comme nous le faisons tous lorsque nous tentons de recouvrer le paradis, par dépenser de l'argent. Il restaura la vieille habitation presque féodale, en y laissant entrer plus de lumière ; il posa de jolis tapis sur le sol, accrocha des rideaux fins comme des pétales de fleurs aux tristes fenêtres, et remplit de vin les caves creusées dans la roche. Il fit venir de l'extérieur une gouvernante enjouée et un majordome très expérimenté à la voix doucereuse. Ces deux-là étaient censés devenir des insulaires.

À la ferme, il installa un régisseur ainsi que deux garçons de ferme. Il y avait des vaches de Jersey qui faisaient lentement tinter leurs clarines dans les ajoncs. À midi, la cloche appelait au déjeuner, et dans le calme du soir, les cheminées fumaient paisiblement.

Un coquet voilier équipé d'un moteur était à l'abri dans la baie, juste en dessous des trois chaumières blanches alignées. Et une petite yole ainsi que deux canots à rames étaient tirés sur le sable. Un filet de pêche séchait sur ses supports, une cargaison de planches neuves blanches attendaient, entrecroisées sur le sol, d'être chargées, et une femme allait au puits avec son seau.

La dernière chaumière était habitée par le capitaine du voilier, sa femme et son fils. Il venait de l'autre grande île et se sentait chez lui sur cette mer. Chaque fois qu'il faisait beau, il sortait en mer avec son fils pour pêcher ; chaque fois qu'il faisait beau, il y avait du poisson frais sur l'île.

La chaumière du milieu était habitée par un vieil homme et sa femme, un couple très dévoué. Le vieil homme était charpentier et il savait tout faire. Il travaillait sans cesse et on entendait toujours son rabot ou sa scie ; absorbé par son travail, c'était une autre sorte d'insulaire.

La troisième chaumière était occupée par le maçon, un veuf, son fils et ses deux filles. Avec l'aide de son fils, il creusait des fossés et dressait des clôtures, élevait des contreforts et érigeait un nouvel appentis, extrayait des pierres de la petite carrière. Ses filles travaillaient à la grande maison.

C'était un petit monde paisible et laborieux. Quand l'insulaire vous invitait, vous rencontriez d'abord Arnold, le capitaine à la barbe noire, maigre et souriant, puis son fils Charles. À la maison, le majordome à la voix mielleuse, qui avait vécu aux quatre coins du monde, vous servait et créait autour de vous cette curieuse sensation de luxe lisse et désarmante, que seul un serviteur parfait et plutôt peu fiable sait créer. Il vous décontenançait et vous étiez à sa merci. La gouvernante enjouée souriait et vous traitait avec la familiarité délicatement respectueuse que l'on réserve aux vrais aristocrates. Et la jeune domestique aux joues roses vous jetait un coup d'œil, comme si vous étiez vraiment quelqu'un d'extraordinaire, arrivant du merveilleux monde extérieur. Puis vous rencontriez le régisseur, souriant mais vigilant, qui venait de Cornouailles, et le timide ouvrier du Berkshire, avec sa femme bien propre et ses deux jeunes enfants, puis l'ouvrier plutôt morose du Suffolk. Le maçon, un homme du Kent, vous aurait parlé pendant des heures, si vous lui en aviez laissé l'occasion. Seul le vieux charpentier était bourru et absorbé par autre chose.

Fort bien, donc, c'était un petit monde en soi, où chacun se sentait tout à fait en sécurité, et était très gentil avec vous, comme si vous étiez vraiment quelqu'un de spécial. Mais c'était le monde de l'insulaire, et non le vôtre. Il était le Maître. Le sourire spécial, l'attention spéciale étaient destinés au Maître. Ils mesuraient tous leur bonheur. Et l'insulaire n'était donc plus M. Untel. Pour tous les habitants de l'île, même pour vous, il était « le Maître ».

C'était donc idéal. Le Maître n'était pas un tyran. Oh non ! C'était un Maître délicat, sensible et beau, qui voulait que tout fût parfait et que tout le monde fût heureux. Et être lui-même, bien sûr, la source de ce bonheur et de cette perfection.

Mais, à sa façon, c'était un poète. Il traitait ses invités royalement et ses domestiques généreusement. Tout en étant néanmoins avisé et très sage. Il n'imposait jamais son autorité à son personnel. Et pourtant il surveillait tout, tel un jeune et perspicace Hermès aux yeux bleus. Et l'étendue de ses connaissances était étonnante : il savait tout des vaches de Jersey, de la fabrication du fromage, de la construction des fossés et des clôtures, des fleurs et du jardinage, des bateaux et de la navigation. C'était un puits de science dans tous les domaines et il transmettait ce savoir à ses gens d'une façon singulière, mi-ironique, mi-solennelle, comme s'il appartenait vraiment au monde désuet et semi-réel des dieux.

Ils l'écoutaient, le chapeau à la main. Il raffolait des vêtements blancs ou crème, des capes et des grands chapeaux. Aussi, par beau temps, le régisseur voyait-il arriver la haute silhouette élégante, vêtue de serge blanc crème, comme un oiseau sur la jachère, pour surveiller le sarclage des navets. Ils soulevaient alors leur chapeau et s'ensuivaient quelques minutes de discours sage, habile et fantasque, auquel le régisseur répondait avec admiration et que les ouvriers agricoles écoutaient dans un silence émerveillé, appuyés sur leur houe. Le régisseur était presque tendre à l'égard du Maître.

Ou bien, par une matinée ventée, pouvait-on le voir dans sa cape gonflée par le vent humide de la mer, debout au bord d'un fossé en cours de construction pour assécher un petit marécage, parlant contre le vent à l'homme en contrebas qui, impassible, soutenait son regard. Ou encore, le soir, sous la pluie, le voyait-on traverser la cour en hâte, se protégeant du vent avec son grand chapeau. Et à la ferme, la femme s'écriait vivement : « Le Maître ! Lève-toi, John, et laisse-lui une place sur le canapé ! » Puis la porte s'ouvrait, et quelqu'un s'écriait : « Mais, grand dieu, c'est pas le Maître ? Et qu'est-ce qui vous amène, par une nuit pareille, chez des gens comme nous ? » Et le régisseur le débarrassait de sa cape, la femme, de son chapeau, les deux ouvriers reculaient leurs chaises, il s'asseyait sur le canapé et prenait un enfant près de lui. Il était formidable avec les enfants, leur parlait de façon vraiment merveilleuse ; il vous faisait penser à Notre Seigneur en personne, disait la femme.

Il était toujours accueilli par des sourires et la même déférence particulière que d'habitude, comme s'il était un être supérieur, mais aussi plus fragile. Ils le traitaient presque avec tendresse, presque avec adulation. Mais lorsqu'il partait, ou lorsqu'ils parlaient de lui, ils avaient souvent un sourire légèrement moqueur. Ce n'était pas la peine d'avoir peur du « Maître ». Il suffisait de le laisser agir à sa guise. Seul le vieux charpentier était parfois sincèrement grossier envers lui ; aussi n'aimait-il guère le vieil homme.

Il n'est pas certain qu'aucun d'eux, homme ou femme, l'aimât vraiment. Mais il n'est pas non plus certain qu'il les aimât vraiment, hommes ou femmes. Il voulait qu'ils fussent heureux, et que le petit monde fût parfait. Mais quiconque désire que le monde soit parfait doit veiller à n'avoir aucune préférence ni détestation. Tout ce que vous pouvez vous permettre, c'est de la bienveillance envers tous.

Mais hélas, bien tristement, la bienveillance envers tous est toujours ressentie comme une sorte d'insulte par ceux auxquels elle s'adresse ; et elle engendre donc une forme de méchanceté très spéciale. La bienveillance envers tous est à n'en pas douter une forme d'égoïsme, pour avoir un tel résultat !

Notre insulaire, cependant, avait des ressources personnelles. Il passait de longues heures dans sa bibliothèque, car il répertoriait toutes les fleurs mentionnées par les auteurs grecs et latins. Il n'avait pas une grande culture classique, seulement la formation habituelle du lycée. Mais il existe tellement d'excellentes traductions de nos jours ! Et c'était tellement plaisant de retrouver la trace des fleurs, l'une après l'autre, telles qu'elles s'épanouissaient dans le monde antique !

Ainsi s'écoula la première année sur l'île. Beaucoup de choses avaient été réalisées. Et maintenant les factures affluaient et le Maître, consciencieux en tout, se mit à les étudier. Ce qui le laissa exsangue et lui coupa le souffle. Il n'était pas riche. Il savait qu'il avait fait un trou dans son capital, pour mettre l'île en marche. Cependant, quand il y regarda de plus près, il ne restait presque rien d'autre qu'un trou. L'île avait englouti des milliers et des milliers de livres.

Mais assurément, le plus gros des dépenses était derrière lui ! L'île allait assurément commencer à se suffire à elle-même, dût-elle ne faire aucun profit ! Il était assurément hors de danger. Il paya une bonne partie des factures et reprit un peu courage. Mais il avait été secoué et l'année suivante, cette année, il fallait faire des économies et vivre frugalement. Il expliqua cela à ses gens, avec des mots simples et touchants. Et ils dirent : « Mais bien sûr ! Bien sûr ! »

Ainsi, tandis que dehors le vent soufflait et que la pluie tombait à verse, il était en compagnie du régisseur dans la bibliothèque, où ils fumaient leur pipe devant un pot de bière en discutant des projets de la ferme. Il levait son beau visage allongé, et ses yeux bleus devenaient rêveurs. « Quel vent ! » Il grondait comme un canon. Il pensait à son île battue par les flots, inaccessible, et il exultait… Non, il ne devait pas la perdre. Il revenait aux projets de la ferme avec l'enthousiasme de la passion et agitait les mains avec emphase, tandis que le régisseur entonnait : « Oui, monsieur ! Oui, monsieur ! Vous avez raison, Maître ! »

Mais l'homme écoutait à peine. Il regardait la chemise de batiste bleue du Maître, et la pierre rouge vif piquée sur la curieuse cravate rose, les boutons de manchette en émail, et l'étrange scarabée serti sur la bague. Les yeux bruns de l'homme de la terre jetèrent à plusieurs reprises un regard scrutateur à la belle silhouette impeccable du Maître, avec une sorte d'étonnement lent et calculateur. Mais s'il lui arrivait de croiser le regard vif et exalté du Maître, ses propres yeux s'illuminaient d'une cordialité et d'une déférence attentives, tandis qu'il inclinait légèrement la tête.

Ils décidaient donc tous deux de ce qui serait semé, quels engrais seraient utilisés et en quel endroit, quelles espèces de porcs et de dindons seraient importées. Autrement dit, le régisseur, en étant, prudemment, toujours d'accord avec le Maître, ne s'interposait jamais et laissait le jeune homme agir à sa guise.

Le Maître savait de quoi il parlait. Il était prompt à saisir l'essentiel d'un livre et à mettre ses connaissances en pratique. Dans l'ensemble, il avait de bonnes idées. Le régisseur le savait bien. Mais cela ne suscitait chez l'homme de la terre aucun enthousiasme. Les yeux bruns souriaient avec leur déférence cordiale mais les lèvres fines restaient immobiles. La bouche souple du Maître changeait d'expression comme celle d'un gamin tandis qu'il présentait adroitement ses idées à son interlocuteur, et le régisseur le regardait avec admiration, mais dans son for intérieur il n'était pas attentif; il observait simplement le Maître comme il aurait observé un drôle d'animal extraterrestre, avec froideur et indifférence.

Tout était donc arrangé et le Maître sonna Elvery, le majordome, pour lui demander un sandwich. Lui, le Maître, était satisfait. Le majordome le vit et revint avec des sandwichs aux anchois et au jambon, ainsi qu'une bouteille de vermouth juste débouchée. Il y avait toujours une bouteille juste débouchée.

Il en allait de même avec le maçon. Le Maître et lui discutaient de l'assèchement d'une parcelle, et il fallait commander de nouvelles conduites, des briques spéciales, plus de ceci, plus de cela.

Le beau temps arriva enfin, et il y eut une petite accalmie dans le dur labeur de l'île. Le Maître partit pour une courte croisière sur son voilier. Ce n'était pas vraiment un gros voilier, juste un joli petit bateau à voiles. Ils longèrent la côte du pays et mouillèrent dans les ports. Dans chaque port un ami lui rendait visite, le majordome servait des petits repas raffinés dans la cabine. Puis le Maître était invité dans des villas et des hôtels, ses gens l'accompagnaient à terre comme s'il eût été un prince.

Mais que de dépenses tout cela entraîna-t-il ! Il dut envoyer un télégramme à sa banque en lui demandant de l'argent. Et il rentra à la maison pour faire des économies.

Les soucis d'eau flamboyaient dans le petit marécage que l'on asséchait en creusant des fossés. À présent, il regrettait presque les travaux entrepris. Ces merveilles jaunes ne flamboieraient plus jamais.

Puis vint la saison des récoltes, et elles furent abondantes. Il fallut fêter la moisson par un souper. La longue grange était maintenant complètement restaurée et agrandie. Le charpentier avait fabriqué de grandes tables. Des lanternes pendaient aux poutres du toit pentu. Tous les gens de l'île étaient rassemblés. Le régisseur présidait. L'ambiance était joyeuse.

Vers la fin du souper, le Maître, en veste de velours, rejoignit ses invités. Alors le régisseur se leva et porta un toast : « Au Maître ! Longue vie et bonne santé au Maître ! » Tout le monde but à sa santé avec beaucoup d'enthousiasme et d'acclamations. Le Maître répondit par un petit discours : ils étaient sur une île, dans un petit monde à eux. Il dépendait d'eux tous d'en faire un vrai monde de bonheur et de satisfaction. Chacun avait son rôle à jouer. Il espérait qu'il faisait lui-même ce qu'il pouvait, car ce qu'il avait de plus cher était son île, ainsi que les gens de son île.

Le majordome répondit : tant que l'île aurait un tel Maître, elle ne pourrait qu'être un petit paradis pour tous ceux qui y vivaient. Le régisseur et le maçon approuvèrent avec chaleur et virilité ; le capitaine était dans un état de grande excitation. Puis l'on dansa ; le vieux charpentier était au violon.

Mais derrière tout cela, tout n'allait pas si bien. Dès le lendemain matin, le garçon de la ferme vint annoncer qu'une vache était tombée du haut de la falaise. Le Maître alla voir. Il regarda du haut de la pente, qui n'était pas si raide, et la vit, morte, sur une corniche verte sous un buisson de genêt tardif. Une belle bête, qui avait coûté cher, déjà gonflée. Mais quelle imbécile, d'être tombée si inutilement !

La difficulté fut de trouver des hommes pour la hisser sur le bord de la falaise, l'écorcher et l'enterrer. Personne ne voulait en consommer la viande. Comme tout cela était répugnant !

Cela symbolisait ce qui se passait sur l'île. Aussi sûrement que le moral des hommes remontait dans un élan de joie, un bras invisible sortait du silence pour frapper avec malveillance. Il ne devait y avoir ni joie, ni même paix. Un homme se cassa une jambe, un autre fut immobilisé par un accès de rhumatismes. Les porcs furent atteints d'une étrange maladie. Le bateau fut drossé sur les rochers par une tempête. Le maçon détestait le majordome et refusa de laisser sa fille servir à la grande maison.

De l'air même descendait une malveillance pesante et glaciale. L'île elle-même semblait diabolique. Elle pouvait être hostile et mauvaise pendant des semaines d'affilée. Et soudain, un matin, il faisait à nouveau doux et délicieux, tout était beau et simple, comme en paradis. Tout le monde ressentait un grand soulagement et se remettait à croire au bonheur.

Mais, dès que l'humeur du Maître s'épanouissait comme une fleur, quelque mauvais coup survenait. Quelqu'un lui envoyait une lettre anonyme, accusant une autre personne de l'île. Ou encore quelqu'un d'autre insinuait des choses contre l'un de ses domestiques.

— Il y en a qui trouvent qu'ils ont une bonne place ici, avec tout ce qu'ils volent ! cria la fille du maçon au suave majordome, à portée d'oreille du Maître. Il fit mine de ne pas entendre.

— Mon mari dit que cette île est sans doute l'une des vaches maigres d'Égypte, et qu'elle pourrait avaler des quantités d'argent sans rien donner en retour ! confia la femme d'un valet de ferme à l'un des visiteurs du Maître.

Les gens de l'île n'étaient pas satisfaits. Ils n'étaient pas des insulaires.

— Nous trouvons que nous ne faisons pas ce qu'il faut pour nos enfants, disaient ceux qui en avaient.

— Nous trouvons que nous ne faisons pas ce qu'il faut pour nous-mêmes, disaient ceux qui n'en avaient pas. Et les différentes familles en vinrent presque à se détester entre elles.

Et pourtant l'île était tellement agréable ! Lorsque le chèvrefeuille embaumait et que la lune étincelait sur la mer, alors, même les plus grincheux s'y sentaient étrangement attachés. Vous étiez pris de nostalgie, d'une nostalgie sauvage ; du temps passé, peut-être, du lointain passé mystérieux de l'île où les cœurs battaient différemment. D'étranges flots de passion vous envahissaient, d'étranges désirs charnels violents, des idées cruelles. Le sang, la passion et les désirs qu'avait connus l'île. Des rêves mystérieux, rêves à demi éveillés, aspirations à demi évoquées.

Le Maître lui-même se mit à craindre quelque peu son île. Il y éprouvait d'étranges sentiments violents qu'il n'avait jamais ressentis auparavant, ainsi que des désirs sexuels dont il s'était entièrement libéré. Il avait très bien compris maintenant que ses gens ne l'aimaient pas du tout. Il savait que leurs esprits, en secret, ne nourrissaient pour lui que méchanceté, hostilité, moquerie et envie et qu'ils se tenaient en embuscade pour le réduire à néant. Il devint tout aussi méfiant et dissimulé à leur égard.

Mais c'en était trop. Quand la seconde année fut écoulée, plusieurs départs eurent lieu. La gouvernante s'en alla. Le Maître s'en prenait toujours aux femmes présomptueuses. Le maçon dit qu'il en avait assez que l'on se paie sa tête, et donna donc son congé, emmenant sa famille. Le valet de ferme rhumatisant partit.

Puis arrivèrent les factures de l'année et le Maître fit ses comptes. Malgré de bonnes récoltes, les gains étaient ridicules en comparaison des dépenses. L'île avait encore perdu non des centaines, mais des milliers de livres. C'était incroyable. Et vous ne pouviez tout simplement pas le croire ! Où tout avait-il donc disparu ?

Le Maître passa des jours et des nuits lugubres à vérifier ses comptes dans la bibliothèque. Il faisait cela méticuleusement. Il devenait évident, maintenant que la gouvernante était partie, qu'elle l'avait volé. Ils l'escroquaient probablement tous. Mais il détestait se l'avouer, et en écarta l'idée.

Il émergea, cependant, de sa tentative d'équilibrer des comptes impossibles à équilibrer, pâle et les yeux cernés, ayant l'air d'avoir reçu un coup de pied à l'estomac. C'était pitoyable. Mais l'argent avait disparu et il n'y en avait plus. Un autre grand trou dans son capital. Comment les gens pouvaient-ils manquer de cœur à ce point ?

Cela ne pouvait continuer, c'était évident. Il serait bientôt ruiné. Il dut à regret donner congé à son majordome. Il craignait de découvrir de combien celui-ci l'avait escroqué. Car il était un merveilleux majordome, après tout. Le régisseur de la ferme dut partir aussi. Le Maître n'avait là-dessus aucun regret. Les pertes de la ferme l'avaient rendu amer.

Il passa la troisième année à réduire drastiquement les dépenses. L'île était encore mystérieuse et fascinante. Mais elle était aussi sournoise et cruelle, secrètement, obscurément malveillante. Malgré toute la beauté du spectacle d'arbres aux fleurs blanches et de jacinthes bleues qu'elle offrait, malgré la charmante dignité des digitales courbant leurs clochettes d'un rose rouge, elle restait implacablement votre ennemie.

Ce fut avec un personnel réduit, des salaires réduits, une magnificence réduite, que s'écoula la troisième année. Mais c'était une lutte vouée à l'échec.

La ferme eut à nouveau des pertes importantes. Et une fois encore, il y eut un trou dans ce qui restait du capital. Un autre trou dans ce qui n'était déjà plus ce qui restait autour des anciens trous. L'île était mystérieuse en cela également : on aurait dit qu'elle vous prenait l'argent dans les poches, comme une pieuvre aux bras invisibles vous dévalisant de toutes parts.

Et pourtant le Maître l'aimait encore. Mais avec une pointe de rancune, maintenant.

Il passa cependant la seconde moitié de la quatrième année au pays, travaillant avec acharnement à s'en débarrasser. Et il découvrit avec stupéfaction combien il était difficile de se défaire d'une île. Il pensait que tout le monde était à la recherche d'une île comme la sienne ; mais pas du tout. Personne n'en voulait à aucun prix. Et il voulait s'en débarrasser maintenant, comme un homme qui désire divorcer coûte que coûte.

Il dut attendre le milieu de la cinquième année pour la céder, au prix de pertes considérables, à une compagnie hôtelière qui voulait s'y livrer à la spéculation et l'aménager en une île pour golf et lunes de miel !

Eh bien, prenez-la, cette île qui n'a pas su apprécier son bonheur ! Faites-en une île pour golf et lunes de miel !

CHAPITRE II

LA DEUXIÈME ÎLE

L'INSULAIRE DUT DÉMÉNAGER. Mais il ne regagnait pas le continent. Oh non ! Il s'installa sur l'île plus petite, qui lui appartenait encore. Et il emmena avec lui le vieux charpentier fidèle et sa femme, le couple auquel il n'avait jamais été vraiment attaché ; ainsi qu'une veuve et sa fille, qui s'étaient occupées de sa maison l'année passée, et un jeune orphelin pour aider le vieil homme.

La petite île était très petite ; mais comme c'était une bosse rocheuse dans la mer, elle était plus grande qu'elle n'en avait l'air. Un petit sentier entre les rochers et les buissons montait et descendait en serpentant tout autour de l'îlot, si bien qu'il vous fallait vingt minutes pour en faire le tour. C'était davantage que ce à quoi vous vous attendiez.

Et pourtant, c'était une île. L'insulaire emménagea avec tous ses livres dans la maison ordinaire de six pièces, que l'on n'atteignait qu'après avoir escaladé les rochers dominant le débarcadère. Il y avait aussi deux chaumières mitoyennes. Le vieux charpentier s'installa dans l'une d'elles avec sa femme et le jeune homme, la veuve et sa fille, dans l'autre.

Enfin tout fut en ordre. Les livres du Maître remplissaient deux pièces. L'automne était déjà là, Orion émergeait de la mer. Et quand la nuit était sombre, le Maître apercevait les lumières de son ancienne île, où la compagnie hôtelière recevait des invités qui vanteraient les qualités de cette nouvelle destination pour golfeurs en lune de miel.

Sur son rocher, cependant, le Maître était encore un maître. Il explorait les fissures, les drôles de bandes herbeuses de la largeur d'une main, les petites falaises abruptes où s'accrochaient les dernières campanules et où les brunes semailles de l'été dominaient la mer, solitaire et intacte. Il scruta le fond du vieux puits. Il examina l'enclos de pierre où le cochon avait été parqué. Il avait lui-même une chèvre.

Oui, c'était une île. Inlassablement, au pied des rochers, la mer celtique en aspirait, inondait, déchirait le duvet grisâtre. Quelle profusion de bruits de la mer ! Explosions graves, grondements, longs soupirs et sifflements étranges ; puis des voix, des voix réelles, de gens poussant des cris comme s'ils étaient au marché, sous les eaux ; et à nouveau le tintement lointain d'une cloche – sûrement une vraie cloche ! Puis un trille tremblant, très long et très inquiétant et, plus bas, un halètement rauque.

Sur cette île, il n'y avait aucun fantôme humain, aucun fantôme d'aucune race ancienne. La mer, l'écume, le vent et les intempéries les avaient tous balayés, si bien balayés qu'il ne restait plus que le bruit de la mer elle-même, son propre fantôme aux voix multiples qui s'unissaient, complotaient et vociféraient tout au long de l'hiver. Et l'odeur de la mer, quelques buissons d'ajoncs hérissés et quelques épaisses touffes de bruyère parmi les rochers gris et clairs dans l'air gris et plus clair encore. Le froid, la grisaille et la brume de mer, légère et envahissante ! Et l'îlot rocheux qui dominait tout cela, comme le dernier point dans l'espace.

Sirius, l'étoile verte, était visible au-dessus de l'eau. L'île était une ombre. Au large on apercevait les petites lumières d'un navire. En dessous, dans la crique rocheuse, le canot à rames et le bateau à moteur étaient à l'abri. Une lumière brillait dans la cuisine du charpentier. C'était tout.

À l'exception, bien sûr, de la maison qui était allumée et où la veuve préparait le souper, aidée de sa fille. L'insulaire rentrait pour le repas. Ici il n'était plus le Maître, il était à nouveau un insulaire, et on le laissait en paix. Le vieux charpentier, la veuve et sa fille étaient la fidélité incarnée. Le vieil homme travaillait tant qu'on y voyait encore car il avait une passion pour le travail. La veuve et sa fille de trente-trois ans, paisible et plutôt délicate, travaillaient pour le Maître car elles aimaient s'occuper de lui et lui étaient infiniment reconnaissantes pour le couvert qu'il leur assurait. Mais elles ne l'appelaient pas « le Maître ». Elles l'appelaient par son nom,

« M. Cathcart », et disaient « Monsieur ! » à voix basse et avec respect. Il leur répondait aussi à voix basse, avec douceur, et ils parlaient comme des gens éloignés du monde, ayant peur de faire du bruit.

L'île n'était plus un « monde ». C'était une sorte de refuge. L'insulaire ne se démenait plus pour rien. Il n'en avait pas besoin. C'était comme si les quelques personnes à sa charge et lui formaient un petit vol d'oiseaux de mer qui s'étaient posés sur ce rocher au cours de leur voyage dans l'espace et restaient ensemble sans se dire un mot. Silencieux mystère des oiseaux voyageurs.

Il passait la plupart de ses journées dans son bureau. Son livre avançait. La fille de la veuve lui dactylographiait son manuscrit, elle ne manquait pas d'instruction. Le seul bruit étrange sur l'île était celui de la machine à écrire. Mais même son crépitement ne tarda pas à se confondre avec les bruits de la mer et du vent.

Les mois s'écoulaient. L'insulaire était absorbé par son travail dans son bureau, les gens de l'île vaquaient paisiblement à leurs occupations. La chèvre eut un petit chevreau noir aux yeux jaunes. Il y avait des maquereaux dans la mer. Le vieil homme allait à la pêche avec le jeune garçon dans le canot à rames. Lorsque le temps le permettait, ils allaient en bateau à moteur à la plus grande île chercher le courrier. Et ils rapportaient des provisions, sans jamais gaspiller un sou. Et les jours passaient, ainsi que les nuits, sans désir, sans ennui.

Cette étrange absence de désirs était pour l'insulaire un sujet d'étonnement. Il ne désirait rien. Son âme était enfin apaisée et son esprit pareil à une grotte sous-marine faiblement éclairée, où d'étranges plantes aquatiques se déploient et recouvrent la surface de l'eau en oscillant à peine, et où un poisson silencieux entre en se faufilant comme une ombre et ressort aussitôt. Tout était calme, léger, silencieux et cependant aussi vivant que les algues enracinées au fond de l'eau.

L'insulaire se demanda : « Est-ce cela, le bonheur ? » Il se dit : « Je suis transformé en rêve. Je ne ressens rien, ou je ne sais pas ce que je ressens. Et pourtant il me semble que je suis heureux. »

Toutefois, il lui fallait pouvoir concentrer son activité intellectuelle sur quelque chose. Ainsi passait-il de longues heures silencieuses dans son bureau, ne travaillant ni très vite ni considérablement, laissant l'écriture se dévider lentement comme un fil de la vierge engourdi. Il ne se préoccupait plus de savoir si ce qu'il écrivait était bon ou non. Il laissait filer lentement son ouvrage, doucement, comme un fil de la vierge et si, comme lui, il devait fondre à l'automne, cela lui serait égal. Seules les choses délicates et éphémères comme les vaporeux fils de la vierge lui semblaient maintenant permanentes. Elles étaient faites de la brume même de l'éternité. Tandis qu'il lui semblait que les constructions en pierre, les cathédrales par exemple, souffraient de leur résistance provisoire, car elles savaient qu'un jour elles tomberaient ; il lui semblait qu'un hurlement constant accompagnait leur effort pour lutter contre le temps.

Il allait parfois en ville, sur le continent. Il se rendait alors à son club, vêtu élégamment et à la dernière mode. Au théâtre, il choisissait un fauteuil d'orchestre, et il faisait des achats dans Bond Street. Il discutait des conditions de la publication de son livre. Mais son visage avait cet air vaporeux de celui qui s'est retiré de la course au progrès, ce qui laissait penser aux vulgaires gens de la ville qu'ils l'avaient convaincu, et le rendait heureux de regagner son île.

Il lui importait peu que son livre ne fût jamais publié. Les années se fondaient en une douce brume dont rien ne dépassait. Vint le printemps. Il n'y avait jamais aucune primevère sur son île, mais il trouva un aconit jaune. Deux petits buissons de prunelliers étaient en fleurs, ainsi que quelques anémones des bois. Il entreprit de répertorier les fleurs de sa petite île et c'était un travail absorbant. Il remarqua un groseillier sauvage et admira les anciennes fleurs d'un petit arbre rabougri, puis les premiers étendards jaunes du genêt et les églantines. Lychnis, orchidées, stellaires, chélidoines : il était plus fier d'eux que s'ils avaient été des gens de son île. Lorsqu'il trouva une saxifrage dorée, si discrète dans un coin humide, il tomba à genoux en extase – perdant toute notion du temps – pour l'observer. Pourtant elle n'avait rien d'extraordinaire. Ce fut ce que pensa la fille de la veuve quand il la lui montra.

Il lui avait dit, d'un ton triomphant :

— J'ai trouvé ce matin une saxifrage dorée.

Le nom sonnait merveilleusement. Elle le regarda de ses yeux marron captivés, dans lesquels une sorte de perfidie l'effraya un peu.

— Ah bon, Monsieur ? C'est une jolie fleur ?

Il fit la moue et fronça les sourcils.

— Euh… sans ostentation. Je vous la montrerai, si vous le désirez.

— J'aimerais bien la voir.

Elle était si calme, si sérieuse. Mais il sentait en elle une obstination qui le mettait mal à l'aise. Elle disait qu'elle était si heureuse, vraiment heureuse. Elle le suivait calmement, comme son ombre, sur le sentier rocailleux où il n'y avait pas assez de place pour que deux personnes pussent marcher côte à côte. Il ouvrait la marche et la sentait là, juste derrière lui, le suivant si docilement en le dévorant des yeux.

Ce fut en quelque sorte par pitié pour elle qu'il devint son amant ; bien qu'il ne mesurât jamais l'étendue du pouvoir qu'elle avait acquis sur lui, ni à quel point elle le voulait, elle. Mais dès l'instant où il céda, il se sentit en désaccord avec lui-même et se dit qu'il avait mal agi. Il éprouvait pour elle une aversion pleine d'inquiétude. Il n'avait pas voulu cela. Et il lui semblait que, physiquement, elle ne l'avait pas désiré non plus. C'était juste sa volonté, à elle. Il s'éloigna et descendit, au péril de sa vie, jusqu'à une corniche en bordure de la mer. Il resta assis là pendant des heures, à contempler la mer, tout contrarié et se disant lamentablement : « Nous n'avons pas voulu de cela. Nous ne l'avons vraiment pas voulu. »

Il avait été de nouveau rattrapé par l'instinct sexuel. Non qu'il détestât le sexe. Il le considérait, de la même manière que les Chinois, comme l'un des grands mystères de la vie. Mais il était devenu machinal, automatique, et il voulait lui échapper. Le sexe automatique le brisait et l'emplissait d'une sorte de mort. Il pensait s'en être sorti et avoir atteint une nouvelle tranquillité dépourvue de désir. Peut-être qu'au-delà de cela il y avait un nouveau désir frais et délicat, la communion unique et fragile de deux êtres se rencontrant en un lieu inconnu.

Quoi qu'il en fût, il n'en était rien. Ceci n'avait rien de nouveau ni de frais. C'était automatique et commandé par la volonté. Elle non plus, dans son for intérieur, ne l'avait pas désiré. Cela avait été automatique pour elle.

Quand il rentra chez lui très tard et qu'il vit son visage blanc de terreur et d'appréhension quant à ses sentiments envers elle, il eut pitié d'elle et lui parla avec délicatesse pour la rassurer. Mais il resta à distance.

Elle ne montra rien. Elle le servit dans le même silence, avec la même soif cachée de le servir et d'être près de lui. Il sentit son amour le suivre avec une obstination étrange et terrible. Elle ne réclamait rien. Mais maintenant, quand il croisait ses yeux marron, vifs, curieusement vides, il y lisait la question silencieuse. Celle-ci l'atteignait directement, avec une force et une puissance nouvelles pour lui.

Il succomba donc et se fit de nouveau pressant.

— Pas si cela vous fait me détester, dit-elle.

— Pourquoi en serait-il ainsi ? répondit-il, agacé. Bien sûr que non.

— Vous savez que je ferais n'importe quoi pour vous.

Ce fut seulement plus tard qu'il se rappela, exaspéré, ce qu'elle avait dit et en fut plus exaspéré encore. Pourquoi prétendait-elle faire cela uniquement pour lui ? Pourquoi pas pour elle-même ? Et dans son exaspération, il s'enfonça davantage en elle. Afin d'atteindre une sorte de satisfaction qu'il n'atteignit jamais, il s'abandonna à elle. Tout le monde sur l'île le sut. Mais cela lui était égal.

Alors, le peu de désir qu'il avait ressenti le quitta et il se sentit anéanti. Il pensait qu'elle ne l'avait désiré qu'avec sa volonté. Il était maintenant anéanti et plein de mépris pour lui-même. Son île était souillée et abîmée. Il avait perdu sa place dans les lointaines strates du temps dénuées de désir qu'il avait fini par atteindre, et il était retombé exactement à la même place. Si seulement il y avait eu entre eux un vrai et tendre désir et une rencontre délicate dans le monde merveilleux où un homme et une femme peuvent se rencontrer, s'ils sont tous les deux sensibles à la flamme du désir en eux, délicate et fragile comme le crocus… Mais cela avait été tout différent : un acte automatique, de volonté et non de vrai désir, qui le laissait humilié.

Il quitta la petite île, bien qu'elle le lui reprochât en silence. Et il erra sur la terre ferme, cherchant en vain un endroit où il pourrait séjourner. Il n'était plus dans le ton ; il n'avait plus sa place dans le monde.

Une lettre de Flora lui parvint – elle s'appelait Flora – annonçant qu'elle avait peur d'être enceinte. Il s'écroula comme s'il avait reçu un coup mortel et ne bougea plus. Mais il lui répondit : « Pourquoi avoir peur ? S'il en est ainsi, nous n'y pouvons rien et nous devrions nous réjouir plutôt qu'avoir peur. »

C'est alors que des îles furent vendues aux enchères. Il s'en procura les cartes et les étudia. Et à la vente, il acheta à très bas prix une autre île. Elle n'était située qu'à quelques arpents de rochers au nord, en bordure de l'archipel. Elle était basse et émergeait à peine de l'immense océan. Il n'y avait pas une seule habitation, pas un seul arbre. Seulement la tourbe du nord, une mare d'eau de pluie, quelques joncs, des rochers et des oiseaux de mer. Rien d'autre. Sous le ciel éploré et détrempé de l'ouest.

Il partit visiter sa nouvelle acquisition. L'état de la mer ne lui permit pas de s'en approcher pendant quelque temps. Puis, par un jour de léger brouillard, il accosta et la découvrit embrumée, basse et apparemment très longue. Mais c'était une illusion. Il arpentait la tourbe humide, souple, et des moutons gris foncé disparaissaient à son approche comme des fantômes, avec des bêlements rauques. Il atteignit la mare sombre bordée de joncs. Puis il revint à travers l'humidité, vers la mer grise qui s'engouffrait avec colère entre les rochers.

C'était vraiment une île.

Il retourna auprès de Flora. Elle le regarda avec, dans ses yeux mystérieux, de la crainte chargée de culpabilité, mais aussi la flamme du triomphe. Et une fois encore il fut doux, il la rassura, il eut même envie d'elle à nouveau, avec ce désir étrange qui était presque pareil à une rage de dents. Il l'emmena donc au pays, où ils se marièrent puisqu'elle attendait un enfant de lui.

Ils regagnèrent l'île. Elle le servait encore à table, mais maintenant, elle partageait ses repas. Ainsi en avait-il décidé. La mère qui était veuve, préférait rester dans la cuisine. Et Flora dormait dans la chambre d'amis de sa maison à lui, maîtresse de son intérieur.

Son désir, quel qu'il fût, mourut en lui de manière irrévocable, et il fut pris de dégoût. L'enfant ne serait pas là avant quelques mois. Son île lui était devenue détestable, vulgaire, telle une véritable banlieue. Lui-même avait perdu toute son admirable distinction. Les semaines passèrent dans une sorte de prison, dans l'humiliation. Cependant il tint bon jusqu'à la naissance de l'enfant. Mais il songeait à prendre la fuite. Flora n'en savait rien.

Une infirmière fit son apparition et prit ses repas à leur table. Le docteur venait parfois et si la mer était mauvaise, il devait rester lui aussi. Il avait le whisky gai.

Ils auraient fort bien pu être un jeune couple de Golders Green.

Une fille naquit enfin. Le père regarda le bébé et se sentit abattu, presque au-delà de ce qu'il pouvait endurer. On lui avait mis la corde autour du cou. Mais il essaya de ne pas montrer ce qu'il ressentait. Et Flora n'en sut rien. Tandis qu'elle recouvrait ses forces, elle souriait toujours avec une joie teintée d'une espèce de triomphe imbécile. Puis elle recommença à lui lancer ces regards douloureux, suggestifs et quelque peu effrontés. Comme elle l'adorait !

Cela lui devint insupportable. Il lui annonça qu'il devait s'en aller pendant quelque temps. Elle pleura, mais elle croyait qu'elle l'avait ému. Il lui dit qu'il lui avait légué la plus grande partie de ses biens et mit noir sur blanc le revenu que cela lui rapporterait. Elle écoutait à peine et tournait simplement vers lui ce regard pesant, rempli d'adoration et d'impudence. Il lui donna un carnet de chèques sur lequel était dûment indiqué le montant de ce qu'elle avait. Ceci suscita son intérêt. Et il lui dit que si elle se lassait de l'île, elle pourrait choisir d'habiter où elle voudrait.

Quand il partit, elle le suivit de ses yeux marron attristés et obstinés, et il ne la vit pas verser la moindre larme.

Il partit droit vers le nord pour préparer sa troisième île.

CHAPITRE III

LA TROISIÈME ÎLE

La troisième île devint rapidement habitable. Avec du ciment et les gros galets de la plage deux hommes lui construisirent une cabane qu'ils couvrirent de tôle ondulée. Un bateau livra un lit, une table, trois chaises, un bon placard et quelques livres. Il fit des provisions de charbon, de pétrole et de nourriture – il avait besoin de si peu.

La maison se trouvait près de la plage de galets où il avait accosté, et où il tira son petit bateau au sec. Par une journée ensoleillée d'août les hommes prirent la mer et le quittèrent. La mer était calme et d'un bleu pâle. À l'horizon il aperçut le petit bateau courrier avançant lentement vers le nord, comme s'il marchait. Il desservait les îles deux fois par semaine. Il pouvait l'atteindre à la rame si besoin était, par temps calme, ou lui faire des signaux grâce au mât à l'arrière de sa cabane.

Il restait sur l'île, pour toute compagnie, une demi-douzaine de moutons, ainsi qu'un chat qui venait se frotter contre ses jambes. Tant que durèrent les journées douces et ensoleillées de l'automne septentrional, il marcha entre les rochers et sur la tourbe souple de son petit domaine, arrivant invariablement à la mer continuellement agitée. Il examinait toutes les feuilles qui pouvaient être différentes les unes des autres et il observait l'expansion et la contraction incessantes des algues ballottées par l'eau. Il n'avait pas un seul arbre ni même un peu de bruyère à surveiller. Seulement la tourbe, ses minuscules plantes, les joncs au bord de la mare, les algues de la mer. Il était heureux. Il ne voulait pas d'arbres ni de buissons. Ils se tiennent là comme des hommes, avec trop d'assurance. Son île nue et peu élevée sur la mer bleu pâle était tout ce qu'il voulait.

Il ne travaillait plus à son livre. Il ne l'intéressait plus. Il aimait rester assis sur la petite hauteur de son île et regarder la mer ; rien que la mer, calme et pâle. Et sentir son esprit devenir léger et brumeux comme l'océan. Quelquefois il voyait comme en mirage l'ombre de la terre planer en direction du nord. C'était une grande île dans le lointain, mais sans aucune substance.

Il était tout de suite saisi de frayeur quand il voyait le bateau à vapeur se rapprocher et son cœur cessait presque de battre à l'idée qu'il pût accoster et l'importuner. Il le regardait passer avec anxiété et ne se sentait vraiment soulagé, de nouveau lui-même, que lorsque le bateau était hors de vue. L'inquiétude suscitée par une éventuelle visite était insupportable. Il n'en voulait pas. Il ne voulait pas entendre de voix. Il était bouleversé par le son de la sienne si par inadvertance il parlait au chat. Il se reprochait d'avoir troublé le grand silence. Et il était agacé quand son chat le regardait en miaulant doucement, plaintivement. Il lui faisait les gros yeux. Et le chat comprenait. Il était en train de devenir sauvage et allait se cacher derrière les rochers, peut-être pour attraper des poissons.

Mais ce dont il avait le plus horreur, c'était quand l'un des moutons ouvrait la bouche et poussait son bêlement rauque et chevrotant. Il le regardait, et le trouvait hideux et répugnant. Il en vint à avoir les moutons en horreur.

Il voulait seulement entendre le murmure de la mer et les cris stridents des mouettes, cris qui lui parvenaient d'un autre monde. Et par-dessus tout, le grand silence.

Il décida de se débarrasser des moutons quand le bateau viendrait. Ils étaient habitués à lui maintenant, et le fixaient de leurs yeux jaunes ou incolores avec une insolence qui était presque ridicule. Ils avaient un air froidement indécent. Il les avait en horreur. Et lorsqu'ils sautaient des rochers en faisant des bonds saccadés, que leurs sabots claquaient d'un bruit sec et aigu et que leur laine retombait sur leur dos carré, il les trouvait repoussants et méprisables.

Le beau temps s'en alla et il se mit à pleuvoir toute la journée. Il passait beaucoup de temps allongé sur son lit, à écouter l'eau qui gouttait du toit dans la citerne en zinc, et à regarder par la porte ouverte la pluie, les rochers sombres, la mer cachée. Beaucoup de mouettes venaient sur l'île maintenant, beaucoup d'oiseaux marins de toutes sortes. C'était un autre monde plein de vie. Il n'avait jamais vu la plupart de ces oiseaux auparavant. Son vieil instinct lui revint et il eut envie de faire venir un livre pour chercher leurs noms. Dans un éclair de l'ancienne passion qui le poussait à connaître le nom de tout ce qu'il voyait, il décida même d'aller à la rame jusqu'au bateau à vapeur. Le nom de ces oiseaux ! Il voulait le savoir, sinon il ne pouvait se les approprier, ils n'étaient pas tout à fait vivants pour lui.

Mais l'envie lui passa et il se contenta de regarder les oiseaux tournoyer ou piéter autour de lui ; il les regardait vaguement, sans les distinguer. Il n'avait plus aucun intérêt pour rien. Sauf pour une mouette, un grand et bel oiseau qui allait et venait sans cesse devant la porte ouverte de sa cabane, comme si elle était chargée d'une mission. Elle était gris perle, grosse, et ses rondeurs étaient aussi douces et belles que celles d'une perle. Seules les ailes repliées avaient des rémiges noires sur lesquelles trois taches blanches très distinctes formaient un motif. L'insulaire était très intrigué par la présence de ce petit ornement sur cet oiseau venu de mers froides et lointaines. Et tandis que la mouette allait et venait sans cesse devant la cabane, se pavanant sur ses pattes d'un doré cendré clair, gardant en l'air son bec jaune pâle recourbé à l'extrémité, avec une importance bizarre et inconnue, l'homme songeait à elle. Elle était un signe, un mauvais présage.

Puis l'oiseau ne vint plus. L'île, que les oiseaux de mer avaient emplie de l'éclat, du battement et du claquement de leurs ailes, de leurs cris sinistres qui déchiraient l'air, devint à nouveau déserte. Ils ne restaient plus posés sur les rochers et la tourbe comme des œufs animés, qui tournaient la tête mais ne s'envolaient pas à son approche. Ils ne couraient plus dans les tourbières au milieu des moutons pour ensuite s'élever lourdement. La multitude était partie. Mais certains restaient, toujours.

Les jours raccourcirent et le monde devint sinistre. Un jour, le bateau arriva à l'improviste. Ce fut pour l'insulaire comme si l'on violait son intimité. Ce fut un supplice de parler à ces deux hommes aux vêtements grossiers et laids. La familiarité qu'ils manifestaient lui était tout à fait répugnante. Il était, lui, vêtu avec soin, sa cabane était propre et bien tenue. Toute intrusion le contrariait et il trouvait les deux pêcheurs pataudss et rustiques vraiment repoussants.

Il n'ouvrit pas les lettres qu'ils avaient apportées et les enferma dans une petite boîte. L'une d'elles contenait son argent. Mais, même celle-ci, il ne put supporter de l'ouvrir. Toute sorte de contact lui répugnait, même le fait de lire son nom sur une enveloppe. Il cacha les lettres.

Et cette bousculade, l'horreur quand il s'agit d'attraper les moutons, de les attacher et de les mettre dans le bateau, lui firent ressentir une profonde répulsion pour l'ensemble du monde animal. Quel dieu répugnant avait inventé les animaux et les hommes malodorants ? Pour lui, les pêcheurs et les moutons avaient la même odeur nauséabonde, étaient une souillure sur la terre sans tache.

Il était encore à bout de nerfs et au supplice quand le bateau prit enfin la mer et s'éloigna sur les eaux calmes. Et il lui arrivait, plus tard, d'être pris de répulsion en croyant entendre mastiquer les moutons.

Les jours sombres de l'hiver s'attardaient. Quelquefois le jour ne se levait pas du tout. Il ne se sentit pas bien, comme s'il se décomposait, comme si la décomposition s'était déjà installée en lui. Le crépuscule enveloppait tout, à l'extérieur comme dans son esprit et dans son âme. Un jour, en s'approchant de la porte, il vit les têtes noires d'hommes qui nageaient dans la baie. Il perdit connaissance quelques instants. Ce fut un choc, l'horreur de la visite inattendue d'êtres humains. L'horreur dans la pénombre ! Le choc l'ébranla et le laissa presque sans vie, et alors il comprit que les têtes noires étaient celles de phoques qui approchaient. Il fut soulagé. Mais il avait du mal à reprendre ses esprits. Plus tard, il s'assit et pleura de gratitude car ce n'étaient pas des hommes. Mais il ne savait pas qu'il pleurait. Il était trop faible. Comme une créature étrange, irréelle, il ne comprenait plus ce qu'il faisait.

Sa seule satisfaction était d'être seul, absolument seul, et de se laisser pénétrer par l'espace. Seulement la mer grise et les quelques arpents de son île baignée par la mer. Pas d'autre contact. Rien d'humain qui eût mis ce qu'il avait d'horrible en contact avec lui. Seulement l'espace humide, crépusculaire, baigné par la mer ! C'était là la nourriture de son âme.

Pour cette raison, il était très heureux quand la tempête faisait rage ou que la mer était forte. Rien, alors, ne pouvait l'atteindre. Rien ne pouvait venir du monde extérieur jusqu'à lui. Il est vrai que l'effrayante violence du vent le faisait terriblement souffrir. Mais aussi bien, il anéantissait complètement le monde autour de lui. Il aimait le déchaînement et le vacarme perpétuels de la mer. Alors, aucun bateau ne pouvait arriver jusqu'à lui ; ils étaient comme d'éternels remparts autour de son île.

Il oubliait complètement l'heure et n'avait plus l'idée d'ouvrir un livre. Les caractères, les lettres imprimées, aussi dépravés que les paroles, lui paraissaient obscènes. Il arracha la plaque en cuivre de son poêle à pétrole. Il supprima toute inscription de sa cabane.

Son chat avait disparu. Il en était plutôt content. Son miaulement fluet et insistant le faisait frissonner. Il vivait dans la réserve à charbon. Et tous les matins, il lui déposait une assiette de porridge, le même que celui qu'il mangeait. Il lavait sa soucoupe avec dégoût. Il n'aimait pas la façon dont il se contorsionnait en tous sens. Mais il le nourrissait scrupuleusement. Un jour, cependant, il ne vint pas manger son porridge qu'il réclamait d'habitude en miaulant. Il ne revint jamais.

Il déambulait sur son île sous la pluie, dans un grand manteau en peau huilée, ne sachant pas ce qu'il regardait ni ce qu'il était venu chercher. Le temps s'était arrêté. Il passait de longs moments debout, le visage blanc et anguleux, ses yeux bleus perçants et perdus dans le lointain, à contempler farouchement et presque cruellement la mer sombre sous le ciel sombre. Et s'il apercevait au loin, sur les eaux froides, la voile gonflée d'un bateau de pêche, sa physionomie s'animait d'une étrange colère malveillante.

Il était parfois malade. Il s'en rendait compte parce qu'il chancelait en marchant et tombait facilement. Alors il s'arrêtait pour réfléchir à ce que c'était. Et il allait chercher dans ses réserves du lait en poudre et du malt et s'en nourrissait. Puis il oubliait à nouveau. Il n'était plus conscient de ses propres sensations.

Les jours commençaient à s'allonger. Tout l'hiver le temps avait été relativement doux, mais très pluvieux. Il avait oublié le soleil. Soudain, cependant, l'air devint très froid, et il se mit à frissonner. La peur s'empara de lui. Le ciel était bas et gris et, la nuit, aucune étoile ne se montrait. Il faisait très froid. D'autres oiseaux commencèrent à arriver. L'île était glaciale. Les mains tremblantes, il alluma un feu dans l'âtre. Le froid l'effrayait.

Et pourtant, jour après jour, le froid maussade, mortel, persistait. De temps en temps quelques cristaux de neige tombaient. Les jours gris étaient plus longs, mais le froid ne changeait pas. Une lumière grise glacée. Les oiseaux passaient et s'en allaient. Il en vit quelques-uns morts sur le sol. C'était comme si toute vie se retirait, quittait le nord et se déplaçait vers le sud. « Bientôt, se dit-il, tout aura disparu et dans toutes ces régions, rien ne restera en vie ». À cette idée il ressentait une cruelle satisfaction.

Puis une nuit il lui sembla qu'il y avait une amélioration : il dormit mieux, ne trembla plus à moitié éveillé et ne se tordit plus autant, semi-conscient. Il s'était tellement habitué aux tremblements et aux convulsions de son corps qu'il ne les remarquait plus. Mais quand, pour une fois, il dormit profondément, il le remarqua.

Au matin, quand il se réveilla, il était entouré d'une blancheur étrange. Sa fenêtre était obstruée. Il avait neigé. Il se leva et ouvrit sa porte; il frissonna. Pouah ! Quel froid ! Le blanc partout, une mer d'un noir de plomb, et les rochers noirs bizarrement tachetés de blanc. L'écume n'était plus pure. Elle paraissait sale. Et la mer dévorait la blancheur cadavérique de la terre. Des cristaux de neige envahissaient l'air inerte.

Sur le sol, la neige, épaisse d'un pied, était blanche, lisse et moelleuse; il n'y avait pas de vent. Il prit une pelle pour nettoyer autour de sa maison et de l'abri. La pâleur du matin s'assombrit. Au loin un étrange roulement de tonnerre retentit dans l'air glacial et la neige, qui venait de se mettre à tomber, fut illuminée par un faible éclair. La neige tombait maintenant avec régularité, dans l'obscurité sans vie.

Il sortit quelques minutes. Mais c'était difficile. Il trébucha et tomba dans la neige qui lui brûla le visage. Faible, sur le point de défaillir, il regagna péniblement sa cabane. Et quand il se sentit mieux, il se donna la peine de faire chauffer du lait.

Il neigeait sans cesse. Au cours de l'après-midi, un nouveau roulement de tonnerre étouffé se fit entendre et des éclairs rougeoyaient à travers le rideau de neige. Inquiet, il se coucha et resta allongé, le regard fixe, perdu dans le vide.

Il lui sembla que le matin n'arriverait jamais. Il resta allongé une éternité, attendant une pâleur réconfortante dans la nuit. Et enfin, il lui sembla que l'air pâlissait. Sa maison était une cellule à peine éclairée d'une lumière blanche. Il comprit que la neige s'était accumulée derrière sa fenêtre. Il se leva, dans le froid mortel. Quand il ouvrit sa porte, la neige amassée l'arrêta : elle formait un mur qui lui arrivait à la poitrine. En regardant par-dessus, il sentit le vent mortel souffler doucement, et vit la poudre neigeuse se soulever et avancer comme un cortège funèbre. La mer noirâtre bouillonnait et mâchonnait comme si elle mordait la neige impuissante. Le ciel était gris mais lumineux.

Il se mit à l'œuvre frénétiquement pour atteindre son bateau. S'il devait être fait prisonnier, il voulait en être responsable, lui, et non pas la force physique des éléments. Il devait atteindre la mer. Il lui fallait arriver à son bateau.

Mais il était faible, et par moments la neige avait raison de lui. Elle tombait sur lui et il restait à terre, enseveli et inanimé. Et, chaque fois, il se battait pour revenir à la vie avant qu'il ne fût trop tard, et s'attaquait à la neige avec une énergie fiévreuse. Épuisé, il ne voulait pas céder. Il rampa à l'intérieur de la cabane et prépara du café et du bacon. N'avait pas cuisiné autant depuis longtemps. Puis il reprenait sa lutte avec la neige une fois de plus. Il devait la vaincre, cette nouvelle force blanche et brute qui s'était accumulée pour lui faire obstacle.

Il s'activait, dans le terrible vent mortel, repoussait la neige sur le côté et la tassait avec sa pelle. Le froid était vif, il gelait fort en plein vent, même lorsque le soleil parut un instant, lui laissant voir qu'autour de lui tout était blanc, sans vie, et que la mer déferlait, noire, menaçante, souillée d'une écume terne, à perte de vue. Et pourtant, il sentait le soleil sur son visage. C'était le mois de mars.

Il atteignit le bateau. Il le débarrassa de la neige et s'assit à l'abri de l'embarcation, regardant la pleine mer qui tourbillonnait presque à ses pieds. Les galets paraissaient étrangement naturels dans un monde devenu complètement mystérieux. Le soleil ne brillait plus. La neige tombait en cristaux granuleux qui disparaissaient comme par miracle au contact de la surface noire de la mer. Les vagues violentes résonnaient sur les galets en se ruant sur la neige. Au contact de l'eau, les rochers devenaient subitement noirs. Et, inlassablement, les innombrables cristaux de neige démoniaques qui tombaient en piqué, disparaissaient en atteignant l'eau sombre.

Au cours de la nuit éclata une violente tempête. Il avait l'impression d'entendre l'énorme masse de neige frappant le monde tout entier avec un bruit sourd incessant ; et par-dessus tout cela, les étranges hurlements caverneux du vent étaient entrecoupés par des éclairs aveuglants et le roulement grave du tonnerre qui couvrait le vent. Lorsqu'enfin l'aube éclaircit faiblement l'obscurité, la tempête s'était plus ou moins calmée, mais un vent régulier persistait. La neige atteignait le haut de sa porte.

À contrecœur, il entreprit de se dégager. Et il y parvint, à force de persévérance. Il était dans l'extrémité d'une énorme congère, haute de plusieurs pieds. Quand il en émergea, la neige gelée n'avait pas plus de deux pieds d'épaisseur. Mais son île avait disparu. Sa forme était complètement transformée ; de grosses collines blanches inaccessibles moutonnaient là où il n'y en avait jamais eu, crachant comme des volcans, mais une poudre neigeuse. Il était écœuré et vaincu.

Son bateau était pris dans une autre congère, plus petite. Mais il n'avait pas la force de le dégager. Il le regarda, impuissant. La pelle lui glissait des mains et il se laissa tomber dans la neige, pour oublier. Dans la neige même, la mer résonnait.

Quelque chose le fit revenir à lui. Il rampa jusqu'à sa cabane. Il ne ressentait presque rien. Mais il parvint à se réchauffer, au moins cette partie de son corps qui, engourdie par la neige, était penchée au-dessus du feu. Puis, de nouveau, il fit chauffer du lait. Et après cela, il arrangea soigneusement le feu.

Le vent tomba. Était-ce de nouveau la nuit ? Dans le silence il lui semblait entendre la chute incessante de la neige, aussi légère que les pas d'une panthère. Les grondements du tonnerre se rapprochaient, éclataient aussitôt après les éclairs d'un rouge indécis. Il était allongé dans son lit, frappé d'une sorte de stupeur. Les éléments ! Les éléments ! Son esprit se répétait ce mot en silence. L'on ne peut pas gagner contre les éléments.

Combien de temps cela dura, il ne le sut jamais. Une fois il sortit, comme un spectre, et grimpa en haut de l'une des collines blanches de son île méconnaissable. Le soleil était chaud. « C'est l'été, se dit-il, la saison des feuilles ». Il contempla d'un air hébété la blancheur de son île devenue étrangère et l'immensité de la mer sans aucune forme de vie. Il essaya de croire qu'il apercevait une voile. Mais il savait fort bien qu'il n'y en aurait plus jamais aucune sur cette mer désolée.

Tandis qu'il regardait ainsi, le ciel s'assombrit mystérieusement et l'air devint glacial. Du lointain lui parvint le grommellement du tonnerre mécontent. Il comprit ce que cela annonçait : la neige allait ensevelir la mer. Il se retourna et sentit son souffle l'envelopper.

TABLE

Cet Arbuste véhément n°18, 229e volume
édité par les éditions de l'Arbre vengeur,
a été achevé d'imprimer en mai 2021.

Dépôt légal: 2er trimestre 2021

www.arbre-vengeur.fr